PIERRE LOTI

DE L'ACADÉMIE FRANÇAISE

La Grande Barbarie

(Fragments)

Prix : 2 francs

PARIS

CALMANN-LÉVY, ÉDITEURS

3, RUE AUBER, 3

PIERRE LOTI

DE L'ACADÉMIE FRANÇAISE

LA GRANDE BARBARIE

(Fragments)

PARIS

CALMANN-LÉVY, ÉDITEURS

3, RUE AUBER, 3

LA GRANDE BARBARIE

LA
GRANDE BARBARIE

(Fragments)

PARIS

CALMANN-LÉVY, ÉDITEURS

3, RUE AUBER, 3

LA
GRANDE BARBARIE

UN SOIR D'YPRES

« En prévision de ma mort, je fais cette confession, que je méprise la nation allemande, à cause de sa bêtise infinie, et que je rougis de lui appartenir. »

(Schopenhauer.)

« Le caractère des Germains offre un terrible mélange de férocité et de fourberie. C'est un peuple né pour le mensonge ; il faut l'avoir éprouvé pour y croire. »

(Velleius Paterculus, *l'an 10 de l'ère chrétienne.*)

Mars 1915.

Des ruines, sous une lumière triste qui a l'air de vouloir s'éteindre avant l'heure. De vastes ruines, et si délicates ! Un déploiement de ces fines colonnades élancées et de ces ogives mystérieusement charmantes qui, dès le premier coup d'œil, évoquent pour l'esprit le moyen âge, l'art gothique et sa belle floraison bientôt évanouie. Mais les vestiges de cet art-là, on avait l'habitude de ne les voir qu'isolés, sous forme de quelque vieille église ou de quelque vieux cloître surgissant parmi des choses de nos jours. Tandis qu'il y a ici un *ensemble :* d'abord une cathédrale, que prolongent des dépendances compliquées, et puis des espèces de palais, dont les longues façades à clochetons alignent en séries leurs fenêtres ogivales. C'est un groupe, à peu près unique au monde, c'est un véritable *quartier*, tout en colonnettes, en arceaux, en archaïques dentelles de pierre.

Le ciel est bas, sombre, angoissant comme dans les rêves. Cependant la vraie nuit n'a pas commencé de tomber ; mais ce sont les épais nuages des hivers du Nord qui jettent sur la terre cette sorte d'obscurité jaunâtre.

Autour des hautes ruines, les places sont remplies de soldats qui stationnent, ou qui circulent lentement, en petites compagnies silencieuses, l'air un peu grave comme au souvenir ou dans l'attente de quelque chose que chacun sait mais dont on ne parle pas. Il y a bien aussi des femmes, pauvrement habillées, au visage inquiet, et des petits enfants ; mais cette humble population civile est noyée dans la masse des rudes uniformes, presque tous défraîchis et terreux, qui visiblement reviennent des longues batailles. Les tenues jaune-kaki des Anglais et les tenues belges presque noires se mêlent aux capotes « bleu-horizon » de nos soldats de France, qui sont en majorité ; tout cela se fond en des nuances presque neutres, et deux ou trois burnous rouges de chefs arabes viennent trancher, imprévus et déconcertants, sur cette foule couleur de soirée brumeuse et d'hiver.

Des ruines, oui, mais, à mieux regarder, d'inexplicables ruines, car les éboulements semblent d'hier, les lézardes, les déchirures sont trop blanches parmi les grisailles des façades ou des tours; et, çà et là, par les fenêtres aux vitraux brisés, on aperçoit, sur les parois intérieures, des ors qui brillent... En effet, ce n'est pas le temps qui fut le destructeur; il avait épargné ces merveilles, et, jusqu'à nos jours, les hommes non plus, même au milieu des pires bouleversements et des plus sanglantes conquêtes, n'avaient encore jamais tenté de les anéantir. Pour oser, il a fallu ces sauvages, qui sont encore là tout proches, tapis dans leurs trous de terre boueuse, parachevant chaque jour leur œuvre imbécile, et multipliant leurs jets de ferraille, pour se venger sur ces choses sacrées, chaque fois qu'un accès de rage les reprend à la suite d'un échec nouveau.

Près de la cathédrale mutilée, ce palais aux cent fenêtres, qui tient encore à peu près debout, est la fameuse Halle aux drapiers, construite à l'époque du grand faste des Flandres, et dont l'imagerie a vulgarisé tous les aspects depuis que l'acharnement des barbares l'a rendue plus célèbre encore. Une nuit de novembre, on s'en souvient, elle a flambé avec une sinistre magnificence, en compagnie de l'église et des précieux entours, éclairant toutes les plaines en rouge ; les Allemands avaient amené en son honneur ce qu'ils possédaient de mieux comme matériel incendiaire ; leurs bombes à la benzine ont fait rage contre elle, et alors tout ce qu'elle contenait, tout ce qui s'y était perpétué depuis des siècles, ses salles d'apparat, ses boiseries, ses peintures, ses

1.

livres, ont brûlé comme paille. Maintenant qu'elle a perdu sa haute toiture, elle a pris quelque chose d'un peu vénitien qui étonne, avec ses longues façades percées de files ininterrompues d'ogives à fleurons; dans son désarroi sans recours, elle est singulière et charmante. Les tourelles symétriques, sveltes comme des minarets, posées aux angles extrêmes des murailles, ont échappé jusqu'ici à la stupidité des bombes et se dressent, encore plus hardies, depuis que les charpentes des toitures pointues ne les suivent plus dans l'air. Mais le beffroi central, celui qui depuis le moyen âge surveillait les plaines, odieusement décapité aujourd'hui, crevé, fendu de haut en bas, résiste à peine; encore quelques obus, et il s'abattra d'une seule masse; à l'un de ses flancs, très haut, reste accroché le monumental cadran d'une horloge détruite, dont l'aiguille dorée s'obs-

tine à marquer quatre heures ving-cinq, —
sans doute l'heure tragique où ce géant
des beffrois de Flandre reçut le coup de
mort.

Autour de la grand'place d'Ypres, où ces
splendeurs du passé nous avaient été si
longtemps conservées intactes, plusieurs
maisons, pour la plupart d'ancienne archi-
tecture flamande, ont été de même éventrées,
sans utilité comme sans excuse, et montrent
à présent leurs entrailles par de grands trous
béants. Mais cela, les barbares ne l'ont pas
fait exprès; non, tout simplement elles
étaient trop rapprochées, ces maisons-là,
trop voisines des points visés par eux : la
cathédrale et le vieux palais. On sait que
partout, ici comme à Louvain, à Arras, à
Soissons, à Reims, c'est sur les monuments
qu'ils tirent avec le plus de joie, c'est toujours et toujours sur ce qui est beauté, art

ou souvenirs. Donc, en dehors de sa place historique, la ville d'Ypres n'a pas énormément souffert... Ah! si pourtant! J'oubliais l'hôpital, là-bas, qui également a servi de cible; d'ailleurs on connaît aussi les préférences allemandes pour bombarder les asiles de blessés ou de malades, ambulances, postes de secours et voitures à croix rouge...

Avoir commis ces destructions, avoir transformé en un champ de décombres cette tranquille Belgique, qui était surtout un incomparable musée, c'est un crime ignoble et bas, chacun en tombe d'accord; mais c'est en outre un chef-d'œuvre de la plus balourde sottise, — de cette sottise que Schopenhauer lui-même ne put se tenir de célébrer, pendant l'accès de franchise de ses derniers moments. Car enfin cela revient à signer et parapher sa propre ignominie, pour l'édification des neutres et des générations

à venir. Les torturés, les pendus, les femmes
et les enfants fusillés ou mutilés, achève-
ront bientôt de pourrir dans leurs pauvres
fosses anonymes, et alors le monde ne s'en
souviendra plus. Mais ces ruines par terre,
ces innombrables ruines de musées ou
d'églises, quelles pièces à conviction acca-
blantes, et qui vont durer !

Après avoir fait tout cela, le nier est peut-
être plus bête encore, le nier contre l'évi-
dence même, avec un aplomb qui nous
stupéfie, nous autres Français, ou bien
essayer d'inventer des prétextes, dont la
niaiserie enfantine nous fait hausser les
épaules ! — « Peuple né pour le mensonge »
— avait dit l'écrivain latin ; oui, et peuple
qui ne dépouillera jamais ses tares originelles ; peuple qui a bien osé aussi, contre
les plus irréfutables pièces écrites, nier la
préméditation de ses crimes et la traîtrise de

son attaque. Que d'absurde naïveté dans l'imposture, et quels sont les pauvres d'esprit qu'il s'imaginait tromper!...

Sur les ruines désolées d'Ypres, la lumière baisse toujours, mais avec une telle lenteur aujourd'hui. C'est qu'on y voyait à peine plus clair à midi, par cette terne journée de mars; il y a seulement à cette heure un peu plus d'imprécision et de tristesse sur les lointains, et c'est ce qui donne à entendre que la nuit va venir.

Ils regardent instinctivement ces ruines, les milliers de soldats qui font alentour leur mélancolique promenade du soir; mais en général ils s'en tiennent à distance, les laissant à leur isolement superbe. Cependant voici trois d'entre eux, des Français (des nouveaux venus probablement) qui s'approchent avec hésitation, puis s'avancent jusque sous les arceaux de la cathédrale pantelante, l'air recueilli comme pour une visite à des tombes. Après qu'ils ont d'abord contemplé sans paroles, l'un d'eux soudain profère — on devine à l'adresse de qui ! — cette injure qui est sans doute ce qu'il connaît de plus insultant dans la langue de France, mot imprévu pour moi, qui commence par me faire sourire et qui, la minute suivante, m'apparaît au contraire comme une trouvaille : « Oh ! les voyous ! »

— Il y manque ici l'intonation, que je suis impuissant à rendre, mais en vérité ce compliment, ainsi prononcé, me semble quelque chose de nouveau, pour ajouter à tant d'autres épithètes pour Allemands, toujours au-dessous de la note et d'ailleurs trop ressassées. Et il répète encore, le petit soldat indigné, en frappant du pied avec colère : « Oh ! les voyous !... Les voyous de voyous ! »

La nuit est enfin près de tomber, la vraie
nuit qui fera cesser ici toute apparence de
vie. La foule des soldats peu à peu se retire,
par des rues déjà sombres que bien entendu
l'on n'éclairera pas; au loin, des sonneries
de clairon les appellent à la soupe, dans des
maisons ou dans des baraquements où ils se
coucheront sans sécurité, certains d'être
réveillés d'un moment à l'autre par les obus
ou par les « marmites » au fracas d'orage.
Pauvres braves enfants de France, roulés
dans leurs manteaux bleuâtres, impossible
de prévoir à quelle heure la mort leur sera
lancée, de loin, à l'aveuglette, à travers
l'obscurité brumeuse; — car la plus aimable
fantaisie préside à ce bombardement : tantôt
c'est une pluie de feu qui n'en finit plus,
tantôt ce n'est qu'un obus isolé qui vient
tuer comme par hasard. Et, en attendant la
suite du grand drame, les ruines s'enve-

loppent de silence. Çà et là une petite lumière craintive s'allume, dans quelque maison encore habitée où les vitres ont du papier collé pour maintenir les éclats des prochaines brisures, où les soupiraux des caves de refuge sont protégés par des sacs en terre : le croirait-on, des gens têtus, ou bien des gens trop pauvres, ou trop vieux, sont restés à Ypres, et d'autres même commencent à y revenir, avec une sorte de fataliste résignation.

La cathédrale, le grand beffroi ne dessinent plus sur le ciel que leurs silhouettes, qui ont l'air d'avoir été figées dans des gestes à bras cassé. A mesure que la nuit vous enferme davantage sous l'épaisseur de ses nuages, on se rappelle mieux les ambiances funèbres au milieu desquelles Ypres est maintenant perdue, les profondes plaines dépeuplées et bientôt toutes noires, les

chemins défoncés par où l'on ne saurait
fuir, les champs noyés ou feutrés de neige,
les réseaux de tranchées où nos soldats,
hélas ! ont froid et souffrent, — et si près, à
une portée de canon à peine, ces autres
trous, plus féroces et plus sordides, où veil-
lent les indéracinables sauvages, toujours
prêts à bondir en masses compactes, avec
des cris de Peau-Rouge, ou à ramper sour-
noisement pour verser du liquide enflammé
sur les nôtres...

Mais, comme ils s'allongent, les crépus-
cules, depuis quelques jours! Sans regarder
l'heure, on devine qu'il est tard, et, d'y voir
encore, cela apporte malgré tout un vague
présage d'avril; on a le sentiment que le
cauchemar de l'hiver touche à sa fin, que le
soleil reparaîtra, le soleil de la délivrance,
que des souffles plus doux vont, comme si
de rien n'était, ramener des fleurs, des

chants d'oiseaux, sur tant de désolations,
sur tant de milliers de jeunes tombes. Et,
autre indice de printemps, sur la place
maintenant déserte, trois ou quatre petites
filles se précipitent comme des folles, des
toutes petites qui peuvent bien avoir six ans
au plus; évadées en courant d'une cave à
dormir, elles se prennent par la main pour
essayer de danser une ronde, comme un soir
de mai, sur une vieille chanson de Flandre.
Mais une autre, une grandette d'une dizaine
d'années, vient les faire taire d'autorité, les
grondant comme d'une inconvenance, et les
chasse vers les souterrains au fond desquels,
après avoir dit une prière, d'humbles mamans
vont les coucher.

Indicible tristesse de cette ronde enfantine,
qui s'était ébauchée là, solitaire, à la tombée
d'une froide nuit de mars, sur une place
que domine le fantôme d'un beffroi, dans

une ville martyre, au milieu de lugubres
campagnes inondées, remplies de noir,
d'embûches et de deuil...

Depuis que ceci a été écrit, le bombardement n'ayant
pas cessé, Ypres n'est plus qu'un informe amas de pierres
calcinées.

AU GRAND QUARTIER GÉNÉRAL BELGE

Mars 1915.

Me rendant au grand quartier général belge où j'ai à m'acquitter d'une mission du Président de la République française à Sa Majesté le roi Albert, je traverse aujourd'hui Furnes, autre ville inutilement et sauvagement bombardée, où, à cette heure, le vent glacé, la neige, la pluie, la grêle, font rage sous le ciel noir.

Ici comme à Ypres, les barbares se sont

2.

acharnés surtout contre la partie historique,
contre le vieil Hôtel de Ville charmant et
ses entours; c'est qu'aussi le roi Albert,
chassé de son palais, s'y était d'abord
installé; alors les Allemands, avec cette
délicatesse que le monde entier à présent ne
leur conteste plus, avaient aussitôt repéré ce
point-là pour y lancer leurs « marmites »
féroces. Dans les rues (où je ralentis beaucoup l'allure de mon auto afin de mieux
apprécier au passage « l'œuvre civilisatrice »
du kaiser), presque personne, il va sans dire;
seulement des groupes de soldats de toutes
armes qui, le col relevé, d'autres le capuchon
rabattu, se hâtent sous les rafales, courent
comme des enfants, avec de bons rires,
comme si c'était très drôle, cet arrosage, qui
pour le moment n'est pas du feu.

Comment se fait-il qu'aucune tristesse,
cette fois, ne se dégage de cette ville à

moitié déserte? On dirait que la gaieté de
ces soldats, malgré le temps sinistre, se com-
munique aux choses dévastées. Et comme ils
semblent tous de belle santé et de belle
humeur! Je n'aperçois plus de ces mines un
peu effarées, hagardes, du commencement
de la guerre. La vie tout le temps dehors,
jointe à la bonne nourriture, leur a doré les
joues, à ces épargnés par la mitraille; mais
ce qui surtout les soutient, c'est la confiance
entière, la certitude d'avoir déjà pris le des-
sus, et de marcher à la victoire. Il en va de
l'invasion boche comme de cet affreux temps,
qui n'est en somme qu'une dernière giboulée
de mars : tout cela va finir!

A un tournant, pendant une accalmie, un
petit groupe de matelots français surgit, bien
imprévu, devant moi. Je ne puis me tenir de
leur faire signe, comme on ferait à des
enfants que l'on retrouverait tout à coup,

dans quelque lointaine brousse, et ils accourent à ma portière, tout contents eux aussi de voir un uniforme de notre marine. C'est à croire qu'on les a choisis, tant ils ont de braves et jolies figures, avec de bons yeux vifs. D'autres, qui passaient plus loin et que je n'avais pas appelés, viennent aussi m'entourer, comme si c'était tout naturel, mais avec une familiarité si respectueuse : à l'étranger, n'est-ce pas, et en temps de guerre!... C'est hier, me disent-ils, qu'ils sont arrivés, tout un bataillon, avec des officiers, pour camper dans un village voisin, en attendant de foncer sur les Boches. Et j'aimerais tant faire un détour pour aller en visite chez eux, si je n'étais pressé par l'heure de l'audience royale! Certes j'ai du plaisir à me trouver avec nos soldats, mais bien plus encore avec nos matelots, au milieu desquels j'ai passé quarante années de ma vie. Avant

même de les voir, ceux-là, rien qu'à les
entendre parler, tout de suite je les devine-
rais. Plus d'une fois, sur nos routes milita-
risées du Nord, en pleine nuit noire, quand
c'était un de leurs détachements qui m'arrê-
tait pour me demander le mot d'ordre, je
les ai reconnus rien qu'au son de leur
voix.

Un de nos généraux, commandant
d'armées sur le front Nord, m'en parlait hier,
de cette gentille familiarité de bon aloi, qui
règne à présent du haut en bas de l'échelle
militaire, et qui est nouvelle, qui est une
caractéristique de cette guerre profondément
nationale, où tout le monde marche la main
dans la main. « Aux tranchées, me disait-il,
si je m'arrête à causer avec un soldat,
d'autres m'entourent, pour que je cause aussi
avec eux. Et ils sont de plus en plus admi-
rables d'entrain et de fraternité ! Si l'on pou-

vait nous rendre nos milliers de morts, quel
bien les Allemands nous auraient fait, en
nous rapprochant ainsi tous, jusqu'à n'avoir
qu'un même cœur! »

Longue route pour aller à ce grand quartier général. En rase campagne, il fait un
temps épouvantable, il n'y a pas à dire.
Chemins défoncés, champs inondés qui
ressemblent à des marécages, et parfois des
tranchées, des chevaux de frise, rappelant que
les barbares sont encore tout proches. Eh
bien, quand même, tout cela, qui devrait
être lugubre, n'y parvient plus. Chaque rencontre de soldats — et on en fait à toute
minute — suffirait du reste à vous rasséré-
ner : figures épanouies toujours, qui res-
pirent le courage et la gaieté. Même les
pauvres sapeurs, dans l'eau jusqu'aux
genoux, travaillant à réparer des trous d'abri
ou des barrages, ont l'expression gaie, sous

leur capuchon qui ruisselle... Que de soldats dans les moindres villages, belges et français très fraternellement mêlés! Par quels prodiges de l'intendance tous ces hommes sont-ils abrités et nourris?

Mais les soldats belges, qui donc prétendait qu'il n'en restait plus! J'en croise au contraire des détachements considérables, marchant vers le front, bien en ordre, bien équipés et de belle allure, avec des convois d'une artillerie excellente et très moderne. On ne dira jamais assez l'héroïsme de ce peuple, qui aurait eu raison de ne pas se préparer aux batailles, puisque des traités solennels auraient dû l'en préserver à tout jamais, et qui au contraire vient de subir et d'arrêter le plus formidable attentat de la Grande Barbarie. Désemparé d'abord et presque anéanti, il se reprend, ils se groupe autour de son roi, au courage sublime...

Il pleut, il pleut, on est transi de froid.
Nous voici enfin arrivés et dans un instant je
vais le voir, ce roi qui est sans reproche
comme sans peur. N'étaient ces troupes et
tant d'autos militaires, on n'imaginerait
jamais que ce village perdu puisse être le
grand quartier général. Il faut descendre de
voiture, car le chemin qui mène à la rési-
dence royale n'est plus qu'un sentier. Parmi
les rudes autos qui stationnent là, toutes
maculées de la boue des campagnes, il en
est une élégante, mais sans armoirie d'aucune
sorte, seulement deux lettres tracées à la craie
sur la portière noire : S. M. (Sa Majesté), —
et c'est la *sienne*. Un coin charmant de vieille
Flandre, une antique abbaye, entourée
d'arbres et de tombes, — c'est là. Sous la
pluie, dans le sentier qui borde le religieux
petit cimetière, un aide de camp vient à ma
rencontre, aimable et simple comme sans

doute ne peut manquer d'être son souverain.
A l'entrée de la demeure, pas de gardes,
aucun cérémonial; un modeste corridor, où
j'ai juste le temps de jeter mon manteau, et,
dans l'embrasure d'une porte qui s'ouvre, le
roi m'apparaît, debout, grand, svelte, le
visage régulier, l'air étonnamment jeune, les
yeux francs, doux et nobles, la main tendue
pour le bon accueil.

Au cours de ma vie, d'autres rois ou empe-
reurs ont bien voulu me recevoir, mais
malgré l'apparat, malgré les palais parfois
splendides, jamais encore comme au seuil de
cette maisonnette, je n'avais éprouvé le
respect de la majesté souveraine, — si infi-
niment agrandie ici par le malheur et le
sacrifice... Et quand j'exprime ce sentiment
au roi Albert, il me répond en souriant :
« Oh! mon palais à moi... » et il achève sa
phrase par un geste détaché, désignant le

pauvre décor. Bien modeste, en effet, la salle
où je viens d'entrer, mais, par l'absence de
toute vulgarité, gardant de la distinction
quand même; une bibliothèque bondée de
livres occupe entièrement l'une des parois;
au fond il y a un piano ouvert, avec un cahier
de musique sur le pupitre; au milieu, une
grande table est chargée de cartes, de plans
stratégiques; et la fenêtre, ouverte malgré le
froid, donne sur une sorte de vieux petit
jardin de curé, presque enclos, effeuillé,
triste, qui semble pleurer de la pluie d'hiver.

Après que je me suis acquitté de la facile
mission dont m'avait chargé le Président de
la République, le roi veut bien me garder
longtemps à causer. Mais, si je me suis déjà
senti hésitant pour écrire le commencement
de ces notes, je le suis tellement davantage
pour toucher, si discrètement que ce soit, à
cet entretien; et alors, combien va sembler

pâle ce que j'oserai en dire! C'est qu'en
effet je sais qu'Il ne cesse de recommander à
ceux qui l'entourent : « Surtout, tâchez que
l'on ne parle pas de moi », et je connais, je
comprends si bien l'horreur qu'Il professe
pour tout ce qui ressemble à une interview.
J'étais donc d'abord décidé à me taire; — et
cependant, lorsqu'on a quelque chance d'être
entendu, comment ne pas vouloir, dans la
faible mesure de ce que l'on peut, contribuer
à répandre la gloire d'un tel nom!

Ce qui frappe d'abord chez Lui, c'est tant
de sincère et exquise modestie dans l'héroïsme, c'est cette presque inconscience
d'avoir été admirable. La vénération que les
Français lui ont vouée, sa popularité chez
nous, il juge ne pas les mériter autant que le
moindre de ses soldats tué pour notre com-
mune défense. Quand je lui conte que j'ai
vu, même au fond des campagnes chez des

paysans, l'image du roi et de la reine des Belges à une place d'honneur, avec des petits drapeaux, noir, jaune et rouge, pieusement épinglés autour, il a l'air d'à peine y croire, son sourire et son silence semblent me répondre : c'est pourtant si naturel, ce que j'ai fait; est-ce qu'un roi digne de ce nom aurait pu agir d'une autre manière?

Maintenant nous causons des Dardanelles, où se joue à cette heure une partie grave; il veut bien me questionner sur les embûches de ces parages que j'ai longtemps fréquentés et qui n'ont cessé de m'être si chers. Mais tout à coup une plus froide rafale entre par cette fenêtre, toujours ouverte sur le petit jardin triste; avec quelle gentille sollicitude alors il se lève, comme eût pu faire un simple officier, pour fermer lui-même ces vitres près desquelles je suis assis.

Et puis nous causons de guerre, de fusils,

d'artillerie; Sa Majesté est au courant de tout, comme un général déjà rompu au métier...

Étrange destinée de ce prince, qui, au début, ne semblait pas désigné pour le trône et qui peut-être eût préféré continuer sa vie un peu retirée de jadis, auprès de la princesse qu'il aimait! Quand ensuite la couronne inattendue fut posée sur son jeune front, il pouvait se croire en droit d'espérer une ère de profonde paix, au milieu du plus paisible des peuples, et au contraire il aura connu le plus épouvantablement tragique de tous les règnes. Du jour au lendemain, sans une défaillance, sans même une hésitation, dédaigneux des compromis qui, pour un temps du moins, auraient pu, au préjudice de la civilisation mondiale, préserver un peu ses villes et ses palais, il s'est dressé, devant la ruée du

Monstre, comme un grand roi guerrier, au milieu d'une armée de héros.

Aujourd'hui, visiblement, Il ne doute plus de la victoire, et sa loyauté lui donne confiance entière en la loyauté des Alliés, qui certes voudront rendre la vie à sa Belgique; cependant il tient à ce que ses soldats coopèrent, de toutes leurs dernières forces, à la délivrance, et qu'ils restent jusqu'à la fin au danger et à l'honneur. Saluons-le bien bas!

Un moins noble que lui se fût dit peut-être : « J'ai largement payé ma dette à la cause universelle; ce sont mes troupes qui ont élevé le premier rempart contre la barbarie; mon pays, piétiné le premier par les brutes allemandes, n'est plus qu'un champ de ruines; cela suffit! »

Mais non, il veut que la Belgique ait son nom inscrit, à une page encore plus belle, à côté de la Serbie, sur le livre d'or de l'histoire.

Et voilà pourquoi j'ai rencontré, en venant, ces précieuses troupes, alertes et fraîches, renouvelées à miracle, qui s'en allaient au front, continuer la sainte lutte.

Devant Lui, inclinons-nous donc jusqu'à terre !

La nuit tombe quand l'audience est close et que je me retrouve dans le sentier de l'abbaye. Pendant le trajet de retour, à travers ces routes défoncées par la pluie, défoncées par les charrois militaires, je reste sous le charme de l'accueil. Et je compare ces deux souverains situés pour ainsi dire aux deux pôles de l'humanité, celui d'ici au pôle lumineux, l'autre au pôle noir ; l'autre, là-bas, le bouffi d'hypocrisie et de morgue, monstre parmi les monstres, qui

a du sang plein les mains, de la chair
déchirée plein les ongles, et qui ose encore
s'entourer d'une pompe insolente; — celui
d'ici, relégué sans murmure dans une maisonnette de village, sur un dernier lambeau
de son royaume martyr, mais vers qui
monte, de toute la Terre civilisée, le con-
cert des sympathies, des enthousiasmes, des
glorifications magnifiques, et qu'attendent
les plus pures et immortelles couronnes.

DEUX PAUVRES PETITS OISILLONS DE BELGIQUE

Août 1914.

Un soir, dans une de nos villes du Sud, un train de réfugiés belges venait d'entrer en gare, et les pauvres martyrs, un à un, descendaient lentement, exténués et ahuris, sur ce quai inconnu, où des Français les attendaient pour les recueillir. Traînant avec eux quelques hardes prises au hasard, ils étaient montés dans ces voitures sans même se demander où elles les conduiraient, ils

étaient montés dans la hâte de fuir, d'éper-
dument fuir devant l'horreur et la mort,
devant le feu, devant les indicibles mutila-
tions et les viols sadiques, — devant tout ce
qui ne semblait plus possible sur la Terre,
mais qui couvait encore, paraît-il, au fond
des piétistes cervelles allemandes, et qui
tout à coup s'était déversé, sur leur pays et
sur le nôtre, comme un dernier vomisse-
ment des barbaries originelles. Ils n'avaient
plus ni village, ni foyer, ni famille, ceux
qui arrivaient là sans but, comme des
épaves, et la détresse effarée était dans les
yeux de tous. Beaucoup d'enfants, de
petites filles, dont les parents s'étaient
perdus au milieu des incendies ou des
batailles. Et aussi des aïeules, maintenant
seules au monde, qui avaient fui sans trop
savoir pourquoi, ne tenant plus à vivre mais
poussées par un obscur instinct de conser-

vation ; leur figure, à celles-là, n'exprimaient plus rien, pas même le désespoir, comme si vraiment leur âme était partie et leur tête vidée.

Deux tout petits, perdus dans cette foule lamentable, se tenaient serrés par la main, deux petits garçons, visiblement deux petits frères, l'aîné, qui avait peut-être cinq ans, protégeant le plus jeune qui pouvait bien en avoir trois. Personne ne les réclamait, personne ne les connaissait. Comment avaient-ils compris, trouvé tout seuls, qu'il fallait monter dans ce train, eux aussi, pour ne pas mourir? Leurs vêtements étaient convenables et ils portaient des petits bas de laine bien chauds; on devinait qu'ils devaient appartenir à des parents modestes, mais soigneux; sans doute étaient-ils fils de l'un de ces sublimes soldats belges, tombés héroïquement au champ d'honneur, et qui avait dû avoir pour eux, au moment de la mort, une suprême pensée de tendresse. Ils ne pleuraient même pas, tant ils étaient anéantis par la fatigue et le sommeil; à peine s'ils tenaient debout. Ils étaient incapables de répondre quand on les questionnait, mais surtout ils ne voulaient pas se lâcher, non. Enfin le grand aîné, crispant toujours sa main sur celle de l'autre, dans la peur de le perdre, prit tout à coup conscience de son rôle de protecteur et trouva la force de parler à la dame à brassard penchée vers lui.

« Madame », dit-il d'une toute petite voix suppliante et déjà à moitié endormie, « Madame, est-ce qu'on va nous coucher? » Pour le moment, c'était tout ce qu'ils étaient capables de souhaiter encore, tout ce qu'ils attendaient de la pitié humaine : qu'on voulût bien les coucher. Vite on les coucha, ensemble bien entendu, et ils s'endormirent aussitôt, se tenant toujours par la main et pressés l'un contre l'autre, à la même minute plongés tous les deux dans la tranquille inconscience des sommeils enfantins...

Une fois, il y a longtemps, dans la mer de Chine, pendant la guerre, deux petits oiseaux étourdis, deux minuscules petits oiseaux, moindres encore que nos roitelets, étaient arrivés je ne sais comment à bord de notre cuirassé, dans l'appartement de notre amiral, et, tout le jour, sans que personne du reste cherchât à leur faire peur, ils avaient voleté là de côté et d'autre, se perchant sur les corniches ou sur les plantes vertes.

La nuit venue, je les avais oubliés, quand l'amiral me fit appeler chez lui. C'était pour me les montrer, et avec attendrissement, les deux petits visiteurs, qui étaient allés se coucher dans sa chambre, posés d'une patte sur un frêle cordon de soie qui passait au-dessus de son lit. Bien près, bien près l'un de l'autre, devenus deux petites boules de plumes qui se touchaient et se confondaient presque, ils dormaient sans la moindre crainte, comme très sûrs de notre pitié...

Et ces pauvres petits Belges, endormis côte à côte, m'ont fait penser aux deux oisillons perdus au milieu de la mer de Chine. C'était bien la même confiance et le même innocent sommeil; — mais des sollicitudes beaucoup plus douces encore allaient veiller sur eux.

QUELQUES MOTS PRONONCÉS
PAR S. M. LA REINE DE BELGIQUE

« Tout le monde sait quel compte il faut faire du roi de Prusse et de sa parole. Aucun souverain de l'Europe n'a pu se soustraire à ses perfidies. Et c'est un pareil roi qui veut s'imposer à l'Allemagne en dictateur et protecteur! Avec ce despotisme reniant tous les principes, la monarchie prussienne sera un jour la source de malheurs infinis, non seulement pour l'Allemagne, mais pour toute l'Europe. »

(Impératrice MARIE-THÉRÈSE.)

Mars 1915.

Cela me fait l'effet d'être loin, loin et perdu, ce refuge de la souveraine persécutée! Je ne sais depuis combien de temps mon auto, aux vitres cinglées de pluie, roule dans la pénombre des averses et du soir, quand le sous-officier belge, qui guidait mon chauffeur sur ces routes inconnues, m'avertit que nous sommes arrivés. Sa Majesté la reine Elisabeth de Belgique avait daigné m'accorder audience pour six heures et demie; je tremblais d'être en retard, cette course n'en finissant pas à travers un pays où l'on ne voyait plus rien, — et nous étions à temps, mais tout juste.

Six heures et demie en mars, sous un ciel épais, c'est déjà la nuit noire. L'auto s'arrête, je saute sur le sable d'une plage, et je reconnais le bruit d'une mer toute proche : la mer du Nord, dont on perçoit vaguement, dans l'obscurité, l'étendue imprécise, moins sombre que le ciel. Pluie et vent glacés. Sur les dunes, deux ou trois maisons se dessinent en grisailles, sans

lumières aux fenêtres. Cependant une petite
lueur de ver luisant accourt à ma rencontre : un officier du service de Sa Majesté,
porteur d'une de ces lampes électriques que
le vent n'éteint pas et qu'on appelle chez
nous des lanternes d'apache.

Arrivé à la première maison où l'aide de
camp me fait entrer, je veux d'abord jeter
mon manteau dans le vestibule : « Non,
non, dit-il, gardez-le, nous avons encore à
passer dehors pour arriver auprès de
Sa Majesté ». Cette première villa n'est que
le refuge des dames d'honneur et des officiers de cette cour, au cérémonial maintenant si réduit et qui, chaque soir, par pré-
caution contre la mitraille, s'enveloppe
d'une obscurité voulue. L'instant d'après, on
vient m'appeler de la part de la souveraine ;
avec le même gentil officier et sa même lan-
terne, me voici courant jusqu'à la villa sui-

4.

vante. Pluie mêlée de papillons blancs qui
sont des flocons de neige. On aperçoit, oh!
très confusément, un paysage désertique,
des dunes et des sables déployés en un infini
presque blanchâtre. « N'est-ce pas, dit mon
guide, on croirait un site saharien? Quand
vos cavaliers arabes y sont venus, c'était com-
plet comme illusion! » En effet, car, même
en Afrique, les sables blêmissent dans l'obscurité; mais c'est un Sahara qu'on aurait
transporté sous le ciel triste d'une nuit du
Nord et qui y devient par trop lugubre.

Dans la villa, voici un salon bien tiède,
bien éclairé, dont les meubles rouges appor-
tent une gaieté et comme un réconfort au
milieu de cette quasi-solitude, battue par les
rafales d'hiver. Et il y a une joie qui d'abord
prime tout, la joie physique de s'approcher
d'une cheminée où flambe un bon feu.

En attendant la reine, j'avise une longue

caisse posée sur deux chaises; elle est en
ces fines et incomparables menuiseries
blanches qui tout de suite me rappellent
Nagasaki, et des lettres japonaises en
colonnes y sont tracées au pinceau. L'officier a suivi mon regard : « C'est, dit-il, un
magnifique sabre ancien que les Japonais
viennent d'envoyer à notre roi ». — Je
les avais oubliés, moi, nos si lointains
alliés de l'Orient-Extrême. C'est pourtant
vrai qu'ils sont avec nous; quelle étrange
chose! Et, même là-bas, les malheurs des
deux charmants souverains sont connus de
tous, et on a voulu leur témoigner une
sympathie particulière en leur envoyant un
précieux cadeau.

Je crois que l'aimable officier allait me le
montrer, le sabre du Japon; mais une dame
d'honneur paraît, annonçant Sa Majesté, et
vite il se retire...

« Sa Majesté vient », a dit la dame d'honneur. — Cette souveraine jamais vue, que le malheur a comme sanctifiée, avec quelle infinie vénération je l'attends là, devant la flamme de ce foyer, tandis que le vent de neige continue de tout remuer dans le grand noir du dehors. Par quelle porte va-t-elle paraître? Sans doute par celle du fond, là-bas, sur laquelle mon attention reste involontairement concentrée...

Mais non, voici qu'un léger frôlement me fait tourner la tête du côté opposé, et, de derrière un paravent de soie rouge qui masquait une autre entrée, la jeune reine émerge soudain, si près de moi qu'il ne m'est pas possible de faire les saluts de cour. Ma première impression, furtive bien entendu comme un éclair, impression toute visuelle, impression de coloriste, pourrais-je dire, est un petit éblouissement de bleu : bleu du

costume, mais surtout bleu des yeux qui
resplendissent comme deux lumineuses
étoiles bleues. Et puis tant de jeunesse :
vingt-quatre ans, dirait-on ce soir, et encore
à peine. Les différents portraits, si peu
fidèles, que j'avais vus de Sa Majesté me
l'avaient fait juger très grande, avec un
presque trop long profil; et au contraire
Elle est de taille moyenne, avec un tout
petit visage aux traits d'une finesse exquise,
un visage presque immatériel, si délicat qu'il
est presque inexistant auprès de ces yeux
d'une eau merveilleuse qui semblent deux
pures turquoises, transparentes pour révéler
la lumière intérieure. Même si l'on ignorait
qui Elle est, si l'on ne savait rien d'Elle, ni
son dévouement au devoir, ni la suprême
dignité de ses actes, ni sa résignation sereine
et son admirable charité toute simple, en la
voyant on se dirait dès l'abord : une femme

qui a ces yeux-là, qui donc peut-elle bien être, une évidemment qui plane très haut, une qui ne bronchera jamais et qui, sans même ciller des paupières, saura tout regarder en face, aussi bien les tentations que les dangers et la mort...

Avec quelle respectueuse sympathie si exempte de curiosité banale j'aimerais saisir un écho de ce qui se passe au fond de son cœur, devant les drames de sa destinée ! Mais on ne conduit pas à sa guise la conversation d'une reine, et, au début de l'audience, Sa Majesté, avec une grâce légère, aborde différents sujets, comme si de rien n'était ; nous causons de cet Orient où nous avons voyagé l'un et l'autre, nous causons de livres qu'Elle a lus ; on croirait que nous sommes oublieux de la grande tragédie qui se joue, oublieux de ces plaines d'alentour semées de ruines et de morts... Cependant bientôt, peut-être parce qu'un peu de confiance est née, Sa Majesté me parle des destructions d'Ypres, de Furnes, des villes d'où j'arrive; alors les deux étoiles bleues qui me regardent me semblent s'embrumer légèrement, malgré l'effort pour les maintenir claires :

— Mais, madame, dis-je, il reste assez de murailles debout pour permettre de retrouver toutes les lignes, de presque tout reconstituer dans les temps meilleurs qui approchent.

— Ah! répond-Elle, rebâtir !... Oui, évidemment, on pourra rebâtir... Mais ce ne sera jamais qu'une imitation, et pour moi il y manquera toujours quelque chose d'essentiel, il y manquera l'âme, qui s'en est allée...

Je vois alors combien Sa Majesté les aimait déjà, ces merveilles détruites, et tout ce passé de son pays d'adoption, qui survivait là dans les vieilles dentelles en pierre de la Flandre.

Ypres et Furnes nous avaient mis sur la pente des sujets moins impersonnels, et, peu à peu, nous en venons enfin à parler de l'Allemagne. L'un des sentiments qui, semble-t-il, dominent dans son cœur meurtri est la stupeur, la plus douloureuse en même temps que la plus complète stupeur devant tant de forfaits.

— Il y a quelque chose de changé en *eux*, — dit-Elle, à mots entrecoupés. — Ils n'étaient pas ainsi... Ce kronprinz, que j'ai beaucoup connu dans mon enfance, il était doux et rien en lui ne faisait prévoir... J'ai beau y penser nuit et jour, je n'arrive pas à comprendre... Non, autrefois ils n'étaient pas ainsi, j'en suis sûre...

Je sais bien que si, moi, comme nous le savons tous, je le sais bien que, sous leur épaisse hypocrisie, ils étaient déjà tels, depuis les origines. Mais comment oserais-je contredire cette Reine, qui est née parmi eux comme une jolie fleur rare parmi des orties et des ronces. Certes le déchaînement, auquel nous assistons, de leur barbarie latente est l'œuvre de ce « roi de Prusse », fidèle continuateur de celui que stigmatisait jadis la grande Marie-Thérèse; c'est bien lui qui, suivant l'âpre et si juste expression américaine, leur a *enflé la tête*. Mais ils étaient ainsi de tout temps, et, pour juger leurs âmes de mensonge, de meurtre et de rapine, il suffit de lire leurs écrivains, leurs penseurs, dont le cynisme nous confond.

Après un instant d'hésitation, pendant lequel on n'entend plus que le bruit du vent au dehors, me souvenant que la jeune reine martyre était princesse de Bavière, je me permets de rappeler que les Bavarois de l'armée allemande se sont inquiétés des persécutions contre cette Reine de Belgique, issue de leur race, et indignés même quand le Monstre qui mène le sabbat a cherché à repérer ses enfants pour les arroser de mitraille.

Mais la Reine, soulevant un peu sa petite main, qui était posée sur les mailles de soie de sa robe, esquisse un geste qui signifie quelque chose d'inexorablement définitif, et, à demi-voix grave, elle prononce cette phrase qui tombe dans le silence avec la solennité d'un arrêt sans recours :

— **C'est fini... Entre *eux* et moi, il y a un rideau de fer qui est descendu pour jamais.**

En même temps, au souvenir de son enfance, sans doute, et de ceux qu'elle

aimait là-bas, les deux claires étoiles bleues
qui me regardaient s'embrument tout à fait,
et je détourne la tête pour n'avoir pas l'air
de m'en être aperçu...

TABLE

186-15. — Coulommiers. Imp. PAUL BRODARD. — 6-15

www.ingramcontent.com/pod-product-compliance
Ingram Content Group UK Ltd.
Pitfield, Milton Keynes, MK11 3LW, UK
UKHW021502090726
13657UKWH00003B/1492